U0053558

大偵探
福爾摩斯

—— 沉默的母親 ——

SHERLOCK HOLMES

大偵探
福爾摩斯
―― 沉默的母親 ――

跟蹤

　　兩個男人悄悄地跟在一個**臉容憔悴**的少女後面。她看來還不到20歲，身穿舊得褪了色的上衣和裙子，手上提着一個破爛的行李箱，滿懷心事似的低着頭，在荒涼的街道上**踽踽獨行**。

突然，少女停下腳步來，並從口袋中掏出一張**紙條**看了看，又舉頭往四周望來望去，好像在找什麼似的。兩個男人也慌忙止步，為免引起少女的注意，他們迅速散開，高大的那個走到路邊的報亭買了一份報紙，站在路邊**佯裝**閱報。不過，他的眼睛仍緊緊地盯着不遠處的少女。

戴眼鏡的那個則蹲下來綁鞋帶。當然，他的眼尾也從沒離開過少女半秒。

少女看來看去，似乎看到了要找的街道，就**小心翼翼**地把紙條放回口袋中，又拖着沉重的步伐一步一步往前走。

蹲着的男人站起來，向看報的男人打了個眼色。兩人又走在一起，繼續**不動聲色**地跟在少女後面。

走過了幾條大街，又穿過了幾條小巷，少女走到一家 意大利餐廳 的門前停下來。她再次掏出紙條看了看，又舉頭看了一下餐廳的招牌，好像在確認是否找對了地方。

大概是找對了吧，少女握着紙條站在餐廳門前，正在 思量 要不要走進去時，突然，一個客人從餐廳內推門步出，少女被嚇了一跳，馬上退後幾步。那個客人只是不經意望了少女一眼，就 昂首闊步 地離開了。

少女在那兒呆站了一會，才戰戰兢兢地拉開餐廳的門，走了進去。

　　不一刻，少女臉帶惶恐地推門而出，她急急地轉到餐廳旁邊的橫街去。兩個在監視的男人恐怕走丟了似的，也趕忙跟着走去。

　　少女轉過橫街的街角，走到餐廳旁邊的小巷，匆匆忙忙地走進了一道門中。看來，那是意大利餐廳的後門。

　　「尼夫，怎麼辦？」高大的男人比較年輕，看來只有20多歲，他向身旁的同伴問道。

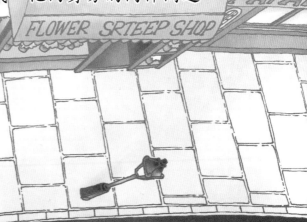

FLOWER SRTEEP SHOP

「看來我們收到的線報沒錯，她是來倫敦這家意大利餐廳打工的。」名叫尼夫的男人看來40歲左右，他不慌不忙地推一推鼻樑上的眼鏡說，「如果她真的在這裏安頓下來，我們必須繼續監視她一段時間，等候她的男人到來。」

「是的。希望她的男人快點出現吧，這樣跟蹤和監視一個可憐巴巴的少女，實在一點勁頭也沒有啊。」

「丹尼爾，千萬不要看輕監視的對象啊。」尼夫說，「我年輕時監視一個中年主婦，足足盯着她一個多月，最後不但被她逃掉，肩膀還被她用菜刀砍了一下呢。」

「啊，有這樣的事嗎？」丹尼爾大吃一驚，「我從沒聽你提過啊。」

「嘿嘿嘿，這又不是很光彩的事，我怎會隨便說給別人聽。」尼夫說，「不過，剛才看你那副**輕敵**的樣子，才說出來讓你提高警覺罷了。」

「是的，對不起。」丹尼爾不好意思地**撓撓頭**，「她是**殺人疑犯**，我確實不可掉以輕心。」

「不僅是她，兇殺案背後還有她的**男人**，這個人可能才是真正兇手。」尼夫說，「況且，我們尚未知道他的身份，如果他是個兇悍的**亡命之徒**，

就更難對付了。」

「是的。」丹尼爾點點頭，「不過，我總是感到奇怪，為何那個男人把她的肚子搞大了，卻又不理她，讓她在 慈善寄養院 誕下嬰兒呢？」

「這個很難說，可能她的男人因為某些原因不能 暴露身份 ，所以只好出此下策。」尼夫說，「可是，當知道失去了兒子，就 老羞成怒 地行兇──」

說到這裏時，一個胖女人從餐廳後門走出來，跟在她身後的，就是剛才那個少女。

胖女人 粗聲粗氣 地說：「快洗乾淨這些碗碟，一定要洗得乾乾淨淨，不能沾着半點 污漬

啊！」

少女點點頭，**誠惶誠恐**地在小木凳上坐下，馬上使勁地洗起碗來。那個胖女人嘴裏**嘰嘰咕咕**的不知道罵着什麼，又走回餐廳裏去了。

「才剛來到，這麼快就開工了？」丹尼爾感到有點詫異，「看來這家餐廳的老闆有點刻薄呢。」

「打工就是這樣，難道會讓你喝一杯茶、吃一件糕點才開工嗎？」尼夫說，「看來，餐廳老闆已聘用了她，我們也要在附近找個地方住上一段時間了。」

「是嗎？不如我到附近找找看。」

「好的，你去找找吧。我繼續在這裏監視。」

丹尼爾點點頭，馬上找旅館去了。不一刻，他已興奮地走回來，並說道：「真幸運，原來這條小巷的對面有一家旅館，我上過去看了，有一間在二樓的房間剛好看到這條小巷，是絕佳的監視位置。」

「很好，我們到那房間裏再進行監視吧。」

尼夫說，「呆在這裏久了，也會讓人懷疑。」

　　說着，兩人**探頭**看一看仍在小巷裏拚命地洗碗的少女，就轉身離開了。

　　尼夫走到房間的窗邊一看，果然，從二樓的位置看下去，不但可清楚看到少女洗碗的情景，連她擺放碗碟時發出的聲響也可聽得一清二楚。

「她洗得很落力呢。」丹尼爾看着對面的小巷說。

「現在經濟不景，要找一份工作並不容易，不落力工作的話，在倫敦這個大都會不易生存啊。」尼夫說。

「是的，幸好我們當差，有穩定的收入，不然也不易熬下去呢。」丹尼爾說。

「嘿嘿嘿，所以你也要好好地監視，要是讓她逃脫了，我們也飯碗不保啊。」尼夫半開玩笑地說。

這兩個男人，是愛爾蘭**杜羅鎮警察局**派來的探員，他們知道那個少女要離開杜羅鎮後，從她踏上火車的那一刻開始，已在遠處監視着她的**一舉一動**。在她下車後，就一直跟着她來到這家餐廳了。

兩人在窗邊交替地監視，看到少女在胖女人的呼喝下提着洗乾淨或骯髒的碗碟從後門**進進出出**，每次出來就馬上坐在木凳上洗碗，沒有一刻停止過，一直幹到晚上10時多。

「這家餐廳生意一定很好，那些碗碟洗來洗去也洗不完。」丹尼爾伸了一下**懶腰**說。

「是啊。」尼夫向對面那陰暗的小巷**瞄**了

一眼，「她把洗好的碗碟搬進餐

廳後，又把骯髒的搬出來，每次

進去都只是花了一兩分鐘，看

來還未有時間吃飯呢。」

「是的，我也注意到了。」丹尼爾語帶**憐**

憫地說，「想不到在餐廳工作是這

麼辛苦的，光看也**吃不消**啊。」

「嘿嘿嘿，你這傢伙，只是監

視了一天就喊吃不消了？」

「不是啦，只是覺得她很辛苦罷了。」丹尼

爾連忙解釋。

「唔？餐廳的燈關了，看來已

打烊呢。」尼夫說，「看，那個

胖女人拿來了飯菜呢，她終於有

時間吃飯了。」

「好刻薄啊，連吃飯也要在小巷吃。」丹尼爾有點憤慨。

「確是太刻薄了。」一向冷靜的尼夫也**看不過眼**，「那些飯菜看來也是客人吃剩的**殘渣**呢。」

胖女人走開後，一個戴着廚子帽的**胖子**步出，他往前往後看了看，確認沒有人後，馬上掏出一塊**薄餅**塞給少女。

少女被胖子的這一舉動嚇了一跳，呆在那裏不知如何是好。

胖子好像說了一聲：「快吃吧。」然後，就匆匆走開了。

少女怔怔地看着手上的薄餅好一會，然後才懂得放到嘴邊，一口一口地吃起來。她吃着吃着，肩膀忽然劇烈地顫動起來。忙了一整天，一旦靜下來後，她看來終於無法忍住傷痛，無聲地痛哭起來了。

這個令人心酸的情景，丹尼爾和尼夫都看到了……

監視

　　兩人在旅館的2樓監視了整整一個星期，可是，他們看到的，只是一個由清晨6點鐘起床，默默地工作至晚上10點的可憐少女。他們等待的那個男人，卻依然蹤跡渺然。

　　在百無聊賴下，丹尼爾和尼夫走去調查了一下那個胖子和胖女人，得悉兩人是一對夫婦，是餐廳的老闆和老闆娘。

　　老闆娘為人潑辣又刻薄，餐廳的員工都怕了她。老闆看來人品還算不錯，就像那天偷偷地給少女一塊薄餅那樣，只要妻子不在，他都會塞一些好吃的食物和零錢給少女，讓少女在嚴酷的環境下得到一絲溫暖。

這一天，是第8天了。尼夫和丹尼爾守在窗旁，一邊下着棋，一邊監視着少女。

她如常地洗着碗碟，看來已習慣了這個工作環境，**繃緊**的臉容已比剛來時**舒緩**了很多。

「唔……天色忽然暗下來，看來快要下雨了。」丹尼爾探頭向窗外的天空望去，有點擔心地說。

他的話音剛落，窗外就傳來「**滴滴瀝瀝**」的雨聲。不一刻，還「**嘩啦嘩啦**」下起大雨來。

少女慌忙把洗好的碗碟搬到屋簷下，自己也站在屋簷下避雨。這時，那個胖子老闆也從後門步出。他舉頭看一看天空，然後點燃從口袋中掏出的**香煙**，與少女並排地站在屋簷下。看來，這天的客人不多，他可以從廚房中走出來。

吐了幾口煙後，胖子老闆轉過身去向少女不知道說了些什麼，只見少女搖搖頭，並沒有答

話。他**挨近**一點，又
說了些什麼，少女惶
恐地搖搖頭，還是沒
有答話，連看也不敢
看老闆一眼。

「那胖子究竟在說什麼呢？」丹尼爾有點擔
心地問。

「看她的反應，該不會是好事吧？」尼夫說
着，拿起棋子，走了一步。

這時，胖子老闆往前後看了
看，確認沒有人後，突然拔出
嘴邊的**煙尾**，使勁地丟在
地上。那煙尾在**水窪**中冒
出一絲青煙，然後熄滅了。

雨，仍**嘩啦嘩啦**地下着。

胖子盯着**瑟縮**在屋簷下的少女一會，突然，他像一隻餓狼似的走向少女，向她步步進逼。

「**呀！那臭胖子！**」丹尼爾大驚失色，他一躍而起，正想衝向門口時，卻給尼夫一把攔住了。

「**別輕舉妄動！**你這樣走下去會暴露身份！」尼夫斥責。

「可是——」

丹尼爾話音未落，只見一個龐大的身影從後門衝出，是老闆娘！

她撲到胖子前，毫不猶豫地一巴掌就打下去，打得他跟跟踉踉地退後幾步，幾乎要摔倒在地上。

「豈有此理！居然乘我不在搞三搞四！」

老闆娘大罵，「你活得不耐煩了！」說完，她隨手撿起一個碟子就擲過去。

「哎呀！」胖子老闆給擲個正着，馬上落荒而逃，連爬帶滾地衝出了小巷。

「死胖子！算你走得快，走慢一點老娘就摔死你！」老闆娘叉着腰，站在大雨中破口大罵。

少女被這突如其來的一幕嚇傻了，仍呆站在屋簷下不敢動彈。

老闆娘轉過身來，走到少女面前手起刀落就是一巴掌：「你這個臭丫頭，竟然勾引我的男人！」

「不！不！我沒有──」

「臭丫頭！我親眼看見的，還想辯駁嗎？」

「砰」的一聲，老闆娘又是一巴掌。

這一巴打得重，少女整個人給打得倒在地上的水窪中。

嘩啦嘩啦、嘩啦嘩啦……

雨下得越來越大，豆大的雨點狠狠地擲在少女身上，把她淋得渾身濕透。

「哼！犯賤！」老闆娘怒氣沖沖地拋下一句，然後踏着大步隱沒在後門中。

尼夫和尼丹爾呆了半晌，兩人還未回過神來，只見那老闆娘又衝出來，她提着少女的行李箱用力一擲，「砰」的一聲把它擲到地上。

行李箱被擲得爆開，衣物散落在佈滿了水窪的地上。

「**滾！給我馬上滾！**我不要再見到你！」老闆娘怒喝，說完，她走回店內，使勁地關上門。

「現在怎麼辦?」丹尼爾問道。

「唔……」尼夫沉思片刻後說,「她雖然可憐,但我們不能出手幫忙,否則這一個星期的監視就**前功盡廢**了。而且,她已**走投無路**,又舉目無親,說不定會馬上去找她的男人求助,到時我們就可以**手到拿來**,完成捉犯的任務。」

丹尼爾無言地點點頭,他轉過頭去,看着在大雨中撿拾衣物的少女,眼裏閃過一下**淚花**。

「我明白你的心情,但這是工作。待會向旅館借一把雨傘,準備跟蹤吧。」尼夫拍一下年輕搭檔的肩膀,以安慰的語氣說。

大雨中，少女提着已收拾好的行李箱，拖着渾身濕透的身子，一步一步地走出小巷，往大街走去。

尼夫和丹尼爾撐着雨傘，默默地跟在後面，兩人看來都心情沉重，不知道該說些什麼好。

街上的人不多，有的在少女身邊走過時，只是投以詭異的目光，但都沒有停下來。少女也沒有理會別人的目光，她只是木然地走着，好

像沒有目的，也沒有方向。

「她真的是  嗎？」丹尼爾打破沉默，自問自答地說，「怎樣看也不像啊。」

尼夫沒有回答，只是緊皺着眉頭，看着少女在雨中 的背影。

「簡直就是白費工夫！看她那  的樣子，又怎像去找她的男人？」丹尼爾的口中已迸發出怒氣。

尼夫轉過頭來，看着年輕的搭檔問道：「那麼，你認為她像什麼？」

「她像什麼？」丹尼爾明明聽得清楚，卻反問。

「對，她像什麼？」

「她……」

丹尼爾咬一咬牙，狠狠地答道，「她像一個身世可憐的人！她像一個被人欺侮又沒能力還手的弱者！她像一隻在倫敦最底層掙扎求存的螞蟻！總之，她就是不像

一個殺人兇手！」

　　尼夫看着滿臉怒氣的丹尼爾，深深地歎了一口氣。看來，他已沒有說話可以說服這位年輕的搭檔了。這一個星期來，他也親眼看到，眼底下的嫌疑犯根本就不像一個會殺人的兇徒，她對所有不公都只能逆來順受，根本全無反抗能力。一個這麼弱不禁風的少女，又怎會有膽量殺人呢？

　　兩人又回到沉默中去，他們能夠做的，只是一直跟着，一直跟着……

　　雨仍下個不停，少女漫無目的地走着……走着……

　　一個小時過去了，他們不經不覺已來到泰晤士河的河邊。

少女在河邊的欄杆旁停下來，她輕輕地放下了手中的行李箱，木然地看着下面滔滔而去的河水。雨水打在她那瘦弱的臉龐上，不斷地在兩頰旁往下流，那就像流之不盡的淚水，在控訴着命運的不公。

　　尼夫和丹尼爾也停下來，遠遠地監視着。

　　突然，少女攀過欄杆縱身一躍，「撲通」一聲響起，她已隱沒在急湍的河中！

49年前的生母

「我名叫**哈里·史托**，今年52歲，3歲時被養父母收養。」突然到訪貝格街221號B的男人，緊張地嚥了一口唾沫說，「我想找尋親生母親，她與我已失散了49年。」

福爾摩斯**眼睜睜**地盯着眼前的這個男人，呆了半晌才問道：「你不是開玩笑吧？史托先生，失散了49年，人海**茫茫**，怎樣找啊？」

「不！」史托慌忙說，「福爾摩斯先生，是蘇格蘭場幹探李大猩和狐格森向我推薦你的，他們說你**能人所不能**，一定可以幫忙的。」

「他們推薦？那兩個傢伙又怎會這麼好，給我推介顧客了？」福爾摩斯說完，轉頭向華生

問道,「你說,對不對?」

華生微笑不語,他知道那一對**蘇格蘭場活寶貝**最愛面子,他們非不得已都不會找福爾摩斯幫忙,何況推介客人?背後肯定有特別的原因。

「啊⋯⋯是這樣的。」史托有點**尷尬**地說,「他們的局長是我的好朋友,我本來是向局長求助的,於是,他就派李探員和狐探員來幫忙了。不過,他們聽到我的要求後,就強力向我推薦你,說你才是尋人方面的**專家**,最適合負責這個工作。」

「嘿嘿嘿，果然**不出所料**，那兩個傢伙就是沒有好介紹。」福爾摩斯冷冷地一笑，「他們兩個只是怕麻煩，但又不敢得罪局長，才把你**塞**過來罷了。」

「啊……是嗎？」史托顯得有點困惑。

「嘿嘿嘿，但他們也沒說錯呢。」福爾摩斯狡黠地笑道，「我確是尋人專家，而且喜歡**挑戰難度**，只是收費很貴罷了。」

「啊，收費嗎？那沒問題，多貴我也願意付。」

福爾摩斯向華生遞了個*眼色*，華生意會，連忙打量了一下眼前的這位紳士。

　　華生發現，史托先生穿的都是名貴的衣服，手腕上還戴着一隻精緻的名錶，一定是個有錢人。嘿！福爾摩斯最近缺錢用，他一定會趁機**大刮一筆**了。

　　不出所料，福爾摩斯裝作**滿不在乎**地說：「真不巧，我最近很忙，要特別抽時間幫你，收費要比平時加**50%**才行。」

+50%

　　「沒問題，你說多少我就付多少。」

　　「啊，是嗎？」福爾摩斯感到有點意外，連忙補充，「對了，找尋49年前失散的人非常困難，先旨聲明，找不到也得**收之半費**啊。」說完，他在一張紙上寫下一些條款和一個銀碼。

史托隨便看了看，就爽快地說：「啊，不太貴呢，就這麼辦吧。」

福爾摩斯臉上浮現出失望的表情，看來，他已在後悔自己開價太低了。華生心中暗笑，福爾摩斯雖然觀察能力一流，一看就知道對方有沒有錢，但開價能力卻不算進取，常常都不能賺盡。

價錢開出了，福爾摩斯已不能反口，只好收拾失望之情，向史托問道：「你與生母失散了幾十年，為什麼到現在才想找她呢？」

「是這樣的……」史托歎了一口氣後，道出事情的始末。

52年前，史托出生於一間在愛爾蘭的**慈善寄養院**。他3歲時，寄養院為他找到了一對家

境富裕的養父母，於是他就跟隨他們來到倫敦生活了。

養父母把他**視如己出**，從沒提及寄養院的事。史托一直以為自己在一個完美的家庭成長，並不知道自己的**身世**。

他的養父在他大學畢業那年就死了，死前也沒提及他的出身。可是，一年前養母病重，臨死前卻對他說出了真相，他才知道**生母**原來另有其人。

「養母對一直隱瞞感到很內疚，並叫我去試試找回生母，希望我們可以**母子團聚**。」史托**感觸萬端**，「不過，領養時院方規定，送養和領養雙方都不得查問對方的身份，因此養母並不知道生母的來歷，只是無意中聽到院方把我的生母喚作**蘇菲婭**，連她姓什麼都不知

道。此外，養母告訴我，寄養院要求她為我改過一個新的名字，以斷絕我與生母的關係。不過，她覺得**哈里**這個名字很好聽，心裏也希望我記住自己的根，就把名字保留下來了。」

「那麼，你知道那間寄養院在哪裏嗎？」

「它叫**杜羅慈善寄養院**，是從養母那兒聽來的。」說着，史托拿出一張字條，「這是地址，它座落在**愛爾蘭**一個小鎮上，現在已改建為老人院了。養母還說，她從寄養院帶走我的日期是**1839年8月10日**。」

1839
08-10

「很好，起碼有線索可尋。」

「我已去那裏查問過了。」史托搖搖頭說，「老人院的負責人說寄養院在20多年前已停辦

了，他們並不清楚寄養院的**歷史**，也沒有當年的資料和檔案。」

「啊，這樣嗎？」福爾摩斯有

點失望，於是問道，「你離開寄養院時是3歲吧？還記得當年的情景嗎？例如，生母的**樣貌**或者周圍有什麼人之類。」

「有關人的事我都忘得**一乾二淨**了，只依稀記得寄養院的前

院有一株**大樹**，我常和其他小朋友在大樹旁走來走去玩耍。」史托說，「幾個月前我去到當地調查時，看到那株大樹依然**矗立**在那兒，真有點感慨啊。」

「就只記得這些？」

「啊，對了。」史托忽然想起什麼似的，「還有一種很特別的**味道**。」

「味道？」

「對，我記得離開寄養院前幾天，每天都吃到一種**糖果**，實在太好吃了，所以印象很深。」

「哎呀，你怎會什麼都不記得，只記得糖果的味道呢。」福爾摩斯沒好氣地說。

「對不起，那糖果太好吃了，忘不了。」史托尷尬地說。

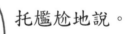

「不，這是**人之常情**。」一直聽着沒作聲的華生開口說，「小孩子對味道很敏感，吃了好吃的東西常常

都不會輕易忘記。何況那個年頭不容易吃到美味的糖果，吃過後當然會記住。」

「唔……說得也是。」福爾摩斯點點頭，「你當時只是個小孩，我不能怪責你。對了，那是一種怎樣的味道？」

「味道嗎？這個……很難用言語來形容啊。」史托有點困惑，「而且此後幾十年，我都沒有再吃過那種味道的糖果了。」

「味道那麼特別嗎？」福爾摩斯打趣地說，「我也想嘗嘗呢。」

「他對特別的東西都感興趣，還是一個美食家呢。」華生對史托笑道。

這個時候，福爾摩斯和華生都以為只是小事一樁，並沒有放在心上。可是，他們沒想

到，這個看似**無關重要**的味道，竟然隱含着一個重大的秘密，緊緊地扣着49年前母子分離的**悲劇**！

慈善寄養院的兇案

　　數日後，福爾摩斯和華生去到杜羅慈善寄養院所在的小鎮，可惜的是，正如史托所說那樣，那兒已改建為老人院，可說是**景物依舊**，但**人面全非**，兩人查不到什麼有用的東西。

幸好，他們在老人院附近找到了一間有近百年歷史的酒吧，於是就入內打聽，看看有什麼線索。

兩人各自叫了一杯啤酒後，向一個看來已60多歲的**老酒保**問道：「我有個親戚想安排患了痴呆症的老父入住附近那間老人院，請問靠得住嗎？你知道，有些老人院表面很好，暗地裏服務卻很差，還會虐待老人呢。」

「附近那間老人院嗎？」酒保想也不想就答道，「不錯呀，那兒的職工也常來喝酒，他們都是好人，絕對不會虐待老人家。」

「啊，聽你這麼說我就放心了。」福爾摩斯說，「請問老人院開業多久了？你知道，**歷史悠久**的，通常都比較可靠。」

「它的歷史不短了，該有20多年吧。」

「是嗎？我看它的建築舊得多了，起碼也超過**50年**呢。」福爾摩斯暗地引導。

「你說得對，那兒已有過百年歷史，比我還要老呢。」老酒保說，「老人院的前身是一家專門**收容孤兒**的慈善寄養院。」

「啊，有這樣的事嗎？」福爾摩斯假裝驚

訝，「以前收容孤兒，現在就收容老人，真有趣呢。」

「是啊。」老酒保說，「不過，以前那間寄養院的**聲譽不好**，我小時候聽大人說，那兒常常收容一些**未婚媽媽**，待她們生下孩子後，就把孩子賣到不能生育的有錢人家去。」

「啊！真有這樣的事？」福爾摩斯和華生都大吃一驚。

「是啊，不僅如此。」老酒保看到兩人的反應，就說得更興奮了，「為了賣得好價錢，寄養院還會**巧立名目**，要那些未婚媽媽留下來一邊為寄養院打工一邊照顧自己的孩子，當作償還接生和居住的費用。當把孩子養得**肥肥**

後，就會為孩子找來養父母，表面說是為了孩子找一頭好人家，其實是以**高價**把他們賣掉。」

「原來如此。」福爾摩斯說，「由生母以母乳**餵哺**孩子，一定會把孩子照顧得很好，存活率也會大大增加，寄養院想得真周到呢。」

「不過，這樣做也太**不人道**啊。」老酒保深深地歎了一口氣，「如果生下來馬上讓人領養，那些未婚媽媽會好過一點。但親自哺育兩三年，在建立了深厚的感情後孩子才被帶走，相信當母親的很難承受**骨肉分離**的痛苦啊。」

「是的，母親與孩子在哺育的過程中，會培育出**血肉相連**的親子關係，一旦被逼分離，確實會**痛如割肉**。」華生以醫生的口吻說，「寄養院的這種做法實在太殘忍了。」

51

「就是嘛。」說到這裏，老酒保突然壓低嗓子，湊到兩人耳邊說，「不知道是否因為這樣，那兒還發生過一宗命案呢。」

「啊！」聞言，福爾摩斯和華生都不禁大驚失色。

「死者不是別人，就是當年的**院長**。」老酒保把聲音壓得更低了，「據說，她是被人用**硬物**打死的。」

那麼，抓到兇手嗎？

「很可惜，抓不到。」老酒保肯定地說，「案子太**轟動**了，我當年雖然只有12歲，但記得很清楚。」

「你記得命案是哪一年發生的嗎？」福爾摩斯問。

記得！當然記得。我連日期都記得，因為案發後第二天剛好是我的生日，忘不了。

那麼，即是……

「1839年8月10日。」

「什麼？」

「1839年8月10日。」老酒保以為兩人聽不清楚，重複一遍。

那不就是史托先生被收養的那一天嗎？世事又怎會這麼巧合？難道兩者之間有什麼關聯？

兩人謝過老酒保後，馬上到小鎮的圖書館去翻看當年的報紙。果然，老酒保的記憶沒有錯，在**1839年8月11日**和**12日**的報紙上，刊出了兇殺案的新聞。報紙是這樣寫的……

寄養院兇殺案

（8月11日本報訊）昨日，杜羅慈善寄養院發生駭人兇殺案，該院院長伊娃·米勒（50歲）被發現倒斃於該院飯堂的廚房之中。警方初步檢驗，認為是其頭和面遭到硬物多次襲擊，因頭骨碎裂和腦出血而死。此外，該院一名女廚工蘇菲婭·芬尼，後腦亦受到硬物襲擊而昏倒於廚房的後門附近，幸好經送院搶救後已無生命危險。

據院方説，該院失去約值50鎊的財物。因此，警方懷疑竊賊經廚房後門闖入院內，偷走財物後企圖經原路逃走時，卻碰到院長伊娃·米勒和女廚工蘇菲婭，恐慌之下襲擊兩人，釀成一死一傷的慘劇。

（8月12日本報訊）在杜羅慈善寄養院兇殺案中昏迷一天的女廚工蘇菲婭·芬尼已甦醒，並向警方證實案發時她從後門進入廚房，有人從門後閃出向她施襲，她感到後腦劇痛後失去知覺，醒來時已躺在醫院。由於事出突然，她看不到施襲者的樣貌，也不知道對方用什麼襲擊她。

此外，受害人對伊娃·米勒院長受襲致死一事更毫不知情。警方相信，竊賊首先打死院長，想從後門逃走時，卻遇到傷者進來，於是躲在門後施襲，打暈傷者後才逃去無蹤。

由於死者個子較矮，身高只有5呎2吋，從其頭頂的傷口推斷，警方估計兇手身高約5呎6吋以上。此外，從死者頭骨被打至碎裂看來，更認為兇手是一個孔武有力的男性，兇器則應該是金屬鈍器或木頭。警方將循這方面追緝在逃的兇手。

「那個女廚工叫蘇菲婭，肯定就是史托先生的生母！」華生興奮地說。

「唔……」福爾摩斯眼底閃過一道寒光，「看來我們不但接了一宗尋人案，還接了一宗發生在49年前的兇殺案呢！」

「為什麼這樣說，難道你想調查49年前的那宗兇案？」華生問。

「不是我想不想，而是不得不調查。」福爾摩斯說，「史托先生被領養的日子和兇案發生的日子竟然是同一天，而那個遇襲受傷的女廚工與史托先生的生母同名，又叫蘇菲婭。你不覺得一切都來得太過巧合嗎？」

華生倒抽了一口涼氣：「啊……你不會是認為史托先生被領養一事與那宗兇殺案有關吧？」

「現在還不能斷定，只是……」福爾摩斯臉上掠過一抹陰影，「我有一個**不祥的預感**，兩者很可能有什麼關聯。」

華生並不知道老搭檔所指的是什麼，但他從兩則新聞報道中，也嗅到了一股不尋常的**血腥**氣味。

「想不到這些舊報紙會為我們提供這麼重要的線索呢。」華生隨手又翻了翻桌上的報紙。

「**別動！**」突然，福爾摩斯按着華生的手，兩眼盯着他剛翻開的那頁報紙，「這裏還有一則與**杜羅慈**  **善寄養院**有關的報道。」

華生連忙細閱，報上是這樣寫的……

伯爵與馬爾代夫

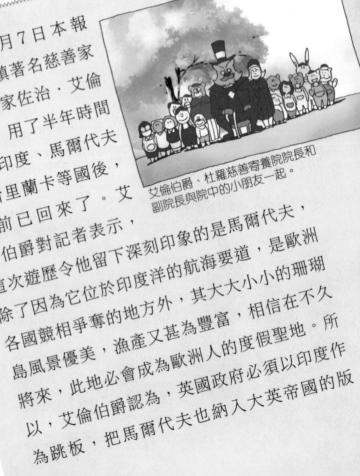

艾倫伯爵、杜羅慈善寄養院院長和
副院長與院中的小朋友一起。

（8月7日本報訊）本鎮著名慈善家和探險家佐治·艾倫伯爵，用了半年時間遊歷印度、馬爾代夫和斯里蘭卡等國後，日前已回來了。艾倫伯爵對記者表示，這次遊歷令他留下深刻印象的是馬爾代夫，除了因為它位於印度洋的航海要道，是歐洲各國競相爭奪的地方外，其大大小小的珊瑚島風景優美，漁產又甚為豐富，相信在不久將來，此地必會成為歐洲人的度假聖地。所以，艾倫伯爵認為，英國政府必須以印度作為跳板，把馬爾代夫也納入大英帝國的版圖。

此外，艾倫伯爵小休數天後，昨日還探訪了本鎮專門收容孤兒的杜羅慈善寄養院。樂善好施的伯爵不但捐款資助該院擴建，還向院方贈送了不少從海外帶回來的土產，令寄養院上下深受感動。

「這群小孩當中，有一個可能是年幼時的史托先生呢。」華生指着報上的插圖說。

「是的。」福爾摩斯說，「可惜的是，圖中只有3個成年人，並沒有蘇菲婭的蹤影。」

「就算有也沒用啊。」華生說，「我們總不能拿着49年前的圖片去找尋她的下落吧。」

「不，我感到可惜，並不是為了尋人。」福爾摩斯說，「我只是想，要是圖中繪有蘇菲婭的樣貌，至少可以給史托先生看看，讓他一解思親之苦。」

「啊……原來如此。」華生心想，大偵探就

是這樣，他除了專注探案外，也不會忘記**人情世故**。他一定是想到，要是史托先生能看到生母的樣貌，就算日後尋人失敗，也會感到一點安慰吧。

　　福爾摩斯和華生為免**看漏眼**，徹夜翻閱了兇案前後整整三年的報紙。當看完報紙時，已是次日的早晨9點多了，可惜並無任何發現。

「哎呀，累死了。」華生伸了一下懶腰說，「一夜之間要看這麼多報紙，真吃不消啊。」

「嘿嘿嘿，查案並不一定是驚險刺激的追捕。」福爾摩斯笑道，「有時也得忍受這麼枯燥乏味的工作。」

「對了，報紙已翻過了，接着該怎辦？」華生問。

「發個 電報 給李大猩和狐格森，叫他們通

知本鎮的警察局，讓我們可以**借閱**當年的兇案資料。」

「什麼？剛看完幾十年前的報紙，又要去看幾十年前的檔案嗎？」華生整個人幾乎要**塌下**來了。

「哈哈哈，你現在知道私家偵探這門飯不容易吃吧。」福爾摩斯拍一拍華生肩膀說，「走，你去發電報給李大猩他們吧。我還有別的事情辦，下午2點左右在警察局會合吧。」

「你有什麼事辦？」華生好奇地問。

「去找那個慈善家艾倫伯爵的**後人**，看看能蒐集到什麼情報。」

「那位伯爵只是探訪了一下寄養院，不可能有什麼情報留下來吧。」

「你說得對，找到有用情報的機會確實很渺茫，但**守株待兔**也不是辦法呀。反正已來

了，就去碰碰運氣吧。」福爾摩斯說完就走了。

從大偵探那匆匆而去的背影中，華生又一次看到他那份**鍥而不捨**的精神。福爾摩斯就是這樣，只要有一絲希望，他都不會放過任何搜證的機會。

想到這裏，累透了的華生也**抖擻一下精神**，趕去郵局發電報了。

下午2時左右，華生在警察局門口看到老搭檔匆匆趕至。

「你找到了伯爵的後人嗎？」華生問。

「找到了，伯爵的兒子已死了，我找到的是他的**孫兒**。」福爾摩斯說，「可惜的是，他對寄養院的事並不清楚。」

「啊，那麼你白走一趟了？」

「是啊。」福爾摩斯說，「不過，有趣的是，伯爵的孫兒也剛從**馬爾代夫**回來，他說祖父在當地有很深厚的人脈關係，這幾十年來一直入口馬爾代夫的產品，現在他繼承了**家業**，還在做馬爾代夫的生意。」

「是嗎？這確實有趣。」

「他還讓我參觀了他的貿易公司，我看到了由**椰子油**製成的肥皂和蠟燭、**椰子殼**製成的碗和廚具，很多用貝殼製成的**工藝品**，還有一些用鰹魚製成的**魚乾**，真的是大開眼界

呢。」福爾摩斯興致勃勃地說,「臨走時,

他還送了一些馬爾代夫的土產給我呢。」說

着,他提起手中的紙袋給華生看。

　　「你真厲害,麻煩人家還能獲贈土產,伯爵

的孫兒與你一定談得很投契了。」華生笑道。

　　「先別說這些了。我們還是快進去警察局

吧,看看能否讓我們查閱當年的檔案。」

在警察局中，兩人表明來意後，一個年輕警察馬上走過來說：「12點左右已收到蘇格蘭場的電報了，我正在等候你們呢。不過，真抱歉，這兒在十多年前發生過一場大火，所有檔案都被燒光了。」

「什麼？燒光了？」聽到這個消息，福爾摩斯和華生都難掩失望之情。

「不過，幸好有一個退休的老警察住在附近，我一收到電報就跑去向他請教關於那案子的事。」年輕警察連忙補充，「他說當年是由尼夫和丹尼爾兩位警探負責調查此案，尼夫已去世多年，但丹尼爾還在生，這是他的地址。」說着，他遞上一張紙條。

福爾摩斯接過一看，說：「啊，這是**倫敦市郊**的地址呢。」

「是的，丹尼爾和尼夫在案件發生後，被局方派到倫敦去**監視疑犯**，但無功而回。」年輕警察說，「後來，丹尼爾被調派到**倫敦**的警察局工作，一直做到退休呢。」

「啊？有這樣的事嗎？」福爾摩斯問，「那麼，他們兩人追蹤的那個疑犯是什麼人？」

「據說是一個名叫**蘇菲婭**的女廚工，她在案發後不久，就辭去寄養院的工作，跑去了倫敦。」

「什麼？怎會是她呢？她不是**受害人**之一嗎？」華生大感詫異。

「啊，你指她被打暈的事嗎？其實那是**苦**

肉計而已。當時尼夫和丹尼爾懷疑，蘇菲婭失去兒子後**懷恨在心**，於是偷走50鎊的財物，並殺死院長，製造出劫殺的**假象**。」

「他們為何有這個懷疑呢？」福爾摩斯問。

「因為他們從死者的頭部和臉部發現**幾十個傷口**，只有非常痛恨死者的人才會這樣發狂似的襲擊死者，蘇菲婭的兒子剛被死者賣了，所以她的**嫌疑**最大。」

「可是報紙的報道沒這樣說啊。」華生質疑。

「那可能是尼夫和丹尼爾**故佈疑陣**，以免讓疑犯提高警覺。」年輕警察說，「此外，他們搜查過蘇菲婭的房間，找不到被偷的財物，也檢查過廚房內所有**鈍器**，都與死者的傷口不

符。於是，他們懷疑蘇菲婭從外找來幫手，那個幫手帶來兇器殺人，並帶走失竊的財物。」

「唔……」福爾摩斯說，「這個推測有點道理，事發後蘇菲婭在廚房內被打暈，沒有幫手的話，自己很難打暈自己。可是，那個幫手又是誰呢？」

「孩子的爸爸，那個令蘇菲婭未婚成孕的男人。」年輕警察說，「除了他之外，沒有人會協助蘇菲婭殺人。而且，當年蘇菲婭死也不肯說出**孩子的爸爸**是誰，這也加深了尼夫和丹尼爾的懷疑。所以，他們兩人就到倫敦去監視蘇菲婭的行蹤，等候那個男人的出現。」

「啊，我明白了。」華生恍然大悟，「當年

警方估計蘇菲婭會在倫敦與那男人會合，只要抓到那男人，就可破案了。」

「對。」年輕警察點點頭，「可是，那個男人並沒有出現，尼夫和丹尼爾最終都找不到證據，只好放棄了。」

「那麼，此案就不了了之嗎？」福爾摩斯問。

「是的。」年輕警察點點頭道，

「最後成為**懸案**，一直都沒有破。」

　　福爾摩斯沉思片刻，道：「非常感謝你提供的情報，我們回倫敦後會按地址去找丹尼爾，直接向他了解一下。」

　　福爾摩斯和華生向年輕警察道別後，馬上乘火車趕回倫敦去。

　　兩人呼嚕呼嚕地在火車上睡了一覺，抵達倫敦時已回復精神，一下火車就**馬不停蹄**地趕去找丹尼爾先生。

49年後的丹尼爾

「請進來吧。」一個弓着背的老婦人顫巍巍地走來應門，「丹尼爾正在後院打理花卉，今天天氣很好，不如到後院坐吧。」說着，她領着福爾摩斯兩人走到後院去。

那個後院非常大，還種滿了漂亮的花朵。華生一看就知道，這間屋的主人就算不是一個園藝家，也一定是個喜歡園藝的人。果然，一個老人拿着剪刀，正在全神貫注地為花朵修剪枝葉。

「老頭子，有人找你。」老婦人說完，就逕自走回屋內去了。

「等一等，快剪好了。」那老人**小心翼翼**地再剪了幾下，然後才緩緩地轉過身來，他拉下擱在鼻樑上的**老花眼鏡**，以帶着疑惑的眼神打量了一下福爾摩斯和華生，然後才問道：「我好像並不認識你們，請問有何貴幹？」

這時華生才察覺到，這位老人與方才的老婦人一樣，他的**腰板**已被歲月侵蝕得彎曲了，很難叫人想像他在年輕時是一個**能幹的警探**。

福爾摩斯也不客套，在自我介紹後，就說道：「我們想向你了解一下49年前的一宗兇

案。」

「什麼？」老人眉頭一皺。

「發生在杜羅慈善寄養院的那宗兇案，你該記得吧？據說那案子一直未破，最後也沒拘捕那個叫**蘇菲婭**的疑犯。」

聞言，老人臉上閃過一下**痙攣**，他的眼神**閃爍游移**，難掩心中的動搖。

福爾摩斯看到老人表情上的微妙變化，於是馬上**切入正題**：「我們想知道，蘇菲婭是個怎樣的人？後來為什麼沒有拘捕她呢？」

老人以懷疑的目光盯着大偵探一會，然後才有點不耐煩地說：「還問來幹什麼？已事隔

49年了，她多半已經死了，就算還在生，也該**七老八十**啦。難道你們想翻查案件？」

「不，我們並不是想翻查案件。」福爾摩斯說，「只是想對她多一點了解，想知道她是一個怎樣的人而已。」

「知道來幹什麼？知道又有什麼用？」老人問。

「為了她的兒子。」

「什麼？」老人大吃一驚，露出**不可置信**的表情。

這時，剛才應門的老太太用托盤端着茶點，**顫巍巍**地走過來放在三人的桌前，並客氣地說：「請慢用。」

福爾摩斯謝過老太太後，繼續對老人說：「她的兒子叫**哈里·史托**，與生母失散了49年，就是他委託我們尋找生母的。而且，我們可以肯定，他的母親就是**蘇菲婭**。」

「啊……」可能太過意外了吧，老人瞪大了眼睛說不出話來。

「事隔這麼多年，我們明白要找蘇菲婭就等於**大海撈針**。」福爾摩斯說，「不過，就算找不到她也好，她的兒子能夠知道多一點關於她的事情，相信也會感到十分欣慰的。」

「對，史托先生最近才知道自己的**身世**，

可以想像，他是多麼渴望對**親生母親**多一點了解啊。」華生也插嘴道。

「唔……」老人低頭沉吟，看了看剛走回屋內的老婦人，然後**心神恍惚**似的拿起桌上的茶杯，**呷**了一口茶。

這時，華生看到老人的手微微地**顫動**着，於是問道：「老先生，你的手……？沒事吧？」

「啊……沒什麼。」老人**赫然一驚**，連忙放下茶杯，帶點自嘲地說，「人老了，就不中用啦。拿東西時，手也會**抖**過不停。」

「是的，但不必擔心，年紀大了就會這樣。」華生說，「對了，你可以告訴我們關於**蘇菲婭**的事嗎？」

「啊……她的事嗎？」老人呆了一下，「老實說，事隔那麼多年了，詳情已記不起來啦。真抱歉啊，實在記不起，讓你們**白跑一趟**，請回吧。」

說着，老人已站起來。

「可是──」

老人未待福爾摩斯說完就舉起手制止，並說道：「不必說了，請回吧。」

「明白了，打擾啦。」看到老人這麼堅決，福爾摩斯只好暫時**鳴金收兵**，示意華生離開。

就在這時，一陣風忽然吹過，同一剎那，一陣清脆的**鈴聲**也隨之響起。

鈴鈴鈴……鈴鈴鈴……鈴鈴鈴……

　　好悅耳的聲音啊，兩人不禁往聲音來處看去，只見一個**風鈴**繫在屋簷下輕輕搖曳，發出「鈴鈴鈴」的鈴聲，那聲音像在為輕拂的微風**伴奏**，也像在輕訴老人不能**宣諸於口**的心事。

回到家後，福爾摩斯有點不忿地說：「我知道那個退休警探丹尼爾一定**有所隱瞞**，他沒理由什麼也不記得。」

「唔……」華生卻不敢肯定，「這個很難說，一個人年紀大了，確實會忘記很多事情啊。你看他**手抖腳震**的樣子，相信腦筋也不會好到哪裏去。」

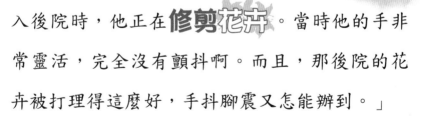

「不，他拿茶杯時的手震，並不是年紀問題，而是**心虛**。」福爾摩斯斷言，「你沒看到嗎？我們進入後院時，他正在**修剪花卉**。當時他的手非常靈活，完全沒有顫抖啊。而且，那後院的花卉被打理得這麼好，手抖腳震又怎能辦到。」

「是嗎？我沒注意到啊。」

「哎呀，你就是這樣啊，只會看，卻不會觀

察。」福爾摩斯不滿地說，「他是我提到史托先生的生母是蘇菲婭時才慌張起來的。於是，他企圖以喝茶來定一定驚，爭取時間掩飾自己心中的悸動。但這一下反而露了餡，讓我們清楚地看到他的手在不住地顫抖。」

「唔……一個退休警探，為什麼要隱瞞一宗49年前的懸案呢？」華生歪着頭說。

「算了，一時三刻也不會想出什麼來，不如先吃顆糖，消消心中的悶氣吧。」說着，福爾摩斯在紙袋中掏出兩顆糖，一顆給華生，一顆塞進自己的口中。

「唔，果然有**椰子**的香味呢，不愧是馬爾代夫的特產。」福爾摩斯陶醉地嚼着。

「對，這是**熱帶地方**才有的糖果，在英國很難吃到啊。」華生也吃得津津有味。

就在這時，樓梯傳來「噠噠噠」的腳步聲。

「糟糕，是小兔子！」福爾摩斯馬上把紙袋藏到沙發後面，「給他看到了，糖果就會一顆不剩啦。」

果然，「砰」的一聲推門而進的正是小兔子，他闖進來叫道：「福爾摩斯先生！有人找你，他說自己叫史托！可以讓他進來嗎？」

「你什麼時候變成了我的看門兔了？」福爾摩斯故意板着臉說，「請他上來吧。」

「遵命！」小兔子敬了個禮，正想轉身下樓時，突然，他的鼻翼拼命地一張一合，好像聞到了什麼。

「怎麼了？去叫人上來呀。」福爾摩斯催促。

「嘿嘿嘿……」小兔子斜眼看着我們的大偵探，「逃得過我的眼睛，逃不過我的鼻子，快從實招來，究竟在吃什麼？」

福爾摩斯被嚇了一跳，慌忙說：「傻瓜，我

和華生醫生正在討論案情，哪有空吃——」

　　未待福爾摩斯說完，小兔子已迅速向前一竄，湊到大偵探嘴邊使勁地嗅了幾下，然後又一個急轉身，湊到華生的唇邊「嗦嗦嗦」地聞了一下。

　　小兔子怒容滿臉地指着眼前的兩個犯人喝道：「還說沒有！你們在我背後偷吃糖果！」

福爾摩斯和華生給喝得幾乎從椅子上摔下來。

「算了，給他一顆吧。」華生擦一擦額頭的**冷汗**，對福爾摩斯說。

「沒辦法，既然給你逮着了，算我倒霉吧。」說着，我們的大偵探**萬般不願意**地從沙發後面拿出紙袋，掏出一顆**椰子糖**。

「嘩哈哈哈！發達了！有糖果吃啊！」小兔子一手奪過糖果，馬上塞進口中，使勁地嚼起來。

「哈哈哈，這小孩子真有趣呢。」這時，

史托走進來笑道。

「啊，都給你看見了？」福爾摩斯**苦笑**，「來，你也吃一顆吧，否則，就會給這小子吃光啦。」

「好呀，看你們吃得那麼**滋味**，一定是很好吃的了。」史托接過糖果放進口中。

「實在太好吃了。」小兔子伸出舌頭在唇邊舔了又舔，「福爾摩斯先生，我不客氣了，給我再來一顆吧。」

「傻瓜，哪有那麼多，沒啦。」

小兔子指着紙袋說：「紙袋還**脹鼓鼓**的，怎會沒有？」

「哎呀，那是別的東西，不信你自己看看。」福爾摩斯沒好氣地把紙袋遞過去。

小兔子也**老實不客氣**，一手奪過紙袋，

逐一把袋中的東西掏出來放在桌上。

可是，掏出來的只是一些**貝殼**、一個用**椰子殼**做的碗、一塊**肥皂**、兩枝**蠟燭**，和一塊**木頭**似的東西。

「原來真的沒有。」小兔子失望地說，「打擾啦，再見。」

說完，他**一溜煙**似的奔下樓梯走了。

「那傢伙真的是──」福爾摩斯還沒說完，卻瞥見史托的**神情有異**，於是問道，「怎麼了？糖果不好吃嗎？」

「不……」史托皺着眉頭，搖搖頭道，「**這……這味道……這個味道很熟**

悉。」

　　說着，史托輕輕地嚼呀嚼呀，越嚼越起勁，突然，他睜大眼睛 **失聲驚叫**：「就是這個 **味道**！就是這個味道！我記起來了，在離開寄養院前幾天，我每天吃的就是這種味道的糖果！」

　　那沉睡了數十年的記憶，終於重新 **甦醒** 了！

馬爾代夫的土產

「啊！」福爾摩斯和華生都很驚訝。

「這是什麼糖果？」史托問，「你們為什麼有這種糖果的？」

「這是馬爾代夫的土產，叫椰子糖，是我們到杜羅寄養院舊址調查時……」福爾摩斯把土產的來歷和調查經過一一告知。

「原來如此，那麼，我兒時吃到的糖果，也一定是那位艾倫伯爵從馬爾代夫帶回來的了。」史托推想。

「準沒錯。」福爾摩斯說，「不懂門路的話，現在也很難買到這些糖果，你當年吃到的，一定是伯爵送給寄養院的椰子糖。」

「除了椰子糖，伯爵的孫兒還送了這些特產給福爾摩斯呢。」華生指着小兔子剛才掏出來的東西說。

「啊，**馬爾代夫**出產這些東西嗎？」史托好奇地問。

「是呀。」福爾摩斯說。

「這塊**木頭**有什麼用？」華生撿起那塊木頭似的東西問。

「哈哈，你和我一樣，也以為這是塊木頭呢？」福爾摩斯笑道，「伯爵的孫兒告訴我，這是馬爾代夫盛產的**鰹魚**，用煙熏乾後，就變成這

個樣子了，可以保存很久。」

「魚不是用鹽來醃製保存的嗎？用煙來熏還是初次聽到呢。」華生嘖嘖稱奇。

「你說得對，為了保存得久一點，一般是用鹽把魚醃製成鹹魚。但據說鰹魚必須用煙來熏才能保持它獨有的鮮味，這是馬爾代夫和日本的傳統做法。」

「肥皂和蠟燭也算特產嗎？」史托問，「看來沒什麼特別呢。」

「單看表面看不出，其實它們都是用椰子油製成的，馬爾代夫盛產椰子嘛。」福爾摩斯笑道，「看，這個碗其實是半個椰殼，很有特色。」

「椰子除了可以吃之外，原來還有這麼多用途，當地人真是物盡其用呢。」史托說着，

撿起了一個道,「那兒是島國,四面環海,看來漂亮的貝殼也特別多——」

說到這裏,史托突然止住,他想起什麼似的,連忙解開胸口的紐釦,從裏面掏出掛在脖子上的項鏈,只見在項鏈的末端,吊着一枚用貝殼造的、深紅色的吊墜。

「唔?」福爾摩斯眼前一亮,「是枚貝殼吊墜呢。」

「是。」史托說,「看到你這些貝殼,我才

想起脖子上的這一枚**吊墜**。它是自我有記憶以來，已掛在我的胸前了。」

「你知道它的來歷嗎？」

「不知道。」史托搖搖頭，「但養母常常對我說，這是我的**護身符**，絕對不可丟失。」

「啊……」福爾摩斯想了想，「這麼說來，這枚吊墜可能是你被領養前已掛在身上的**飾物**了。」

「難道這是**信物**？」華生吞了一口唾沫，緊張地問。

「你……你的意思是說，這是生母送給我的信物？」史托不禁瞪大了眼睛。

「對，你兒時吃過椰子糖，證明艾倫伯爵當年曾把**馬爾代夫的土產**送給寄養院，當年報紙上的報道也曾提及此事。」福爾摩斯說，

「那麼，土產之中有一些用貝殼製成的飾物也毫不奇怪，因為，貝殼正是馬爾代夫的特產啊。從你自有記憶以來已戴着這條項鏈看來，它一定是你的母親從那些特產中挑選出來送給你的。」

「啊……難怪養母說它是我的護身符了。」史托以顫抖的手拿着深紅色的吊墜激動地說，「養母一定是從這枚貝殼中感受到生母對我的愛意，所以一直珍而重之地讓我戴着，她一定是希望，有一天我可以憑這枚吊墜與我的生母相認！」

「唔……」忽然，福爾摩斯盯着史托手上的貝殼吊墜看得出神。

「怎麼了？」華生覺得奇怪。

福爾摩斯沒有回答，卻向史托道：「脫下來讓我仔細再看看。」

史托不明所以，但也脫下項鏈交給福爾摩斯。

大偵探掏出放大鏡，拿着吊墜看了又看。突然，他的眼底靈光一閃，並興奮地叫道：「找到了！找到了！」

「找到了？找到了什麼？」史托問。

「還用說？當然是令壽堂的<u>下落</u>啦！」

「什麼？怎會這樣的？」華生驚訝萬分，「你怎樣找到的？」

福爾摩斯狡點地一笑，把吊墜在華生眼前晃了晃，說：「嘿嘿嘿，還看不到嗎？<u>真相</u>就在這枚<u>貝殼</u>上啊。事不宜遲，我們再去丹尼爾家走一趟，說不定49年前的懸案也會<u>水落石出</u>。」

吊墜的秘密

　　華生和史托在滿腹疑團下，與福爾摩斯來到了丹尼爾家。走來應門的仍是那位顫巍巍的老婦人，她打開門時怔怔地看着三人，好像不知道應否讓他們進門。

　　福爾摩斯不管她願不願意，只是煞有介事地厚着臉皮說：「老先生在吧？事關重大，我們必須見他。」

　　「他⋯⋯他在後院，可是⋯⋯」老婦人有點猶豫地把身體往後挪一挪，似乎想向屋內的老人喊話，福爾摩斯卻老實不客氣，趁機說了聲「謝謝」，就馬上竄進屋內。

　　華生和史托知道這樣做有點無禮，但為了查

明真相，也不理老婦人是否允許，慌忙跟在福
爾摩斯後面，直往屋裏走去。

三人長驅直入，快步走到後院，與剛好
站起來的老人打了個照面。

「你⋯⋯你們怎麼又來了？」老人詫異地問。

「很抱歉，又來打擾你了。」福爾摩斯道，「我們已找到蘇菲婭母子之間的<u>重要線索</u>，所以特意來找你確認一下。」

「母子之間的重要線索？」

「對，我們找到了她送給兒子的**信物**。」

「信物？」

「是的，只要她看一看這 **信物**，相信她就能與兒子相認了。」說着，福爾摩斯掏出史托的項鏈，把那枚貝殼吊墜在老人面前《晃了晃》。

「這⋯⋯這是信物？」老人《慄然一驚》，但

馬上回復鎮靜，並盯着大偵探反問，「就算這是信物，找我也沒用呀，我並不認得這東西。」

「是嗎？」福爾摩斯唇邊泛起**別有意味**的微笑，瞟了一眼掛在屋簷下的**風鈴**。

華生瞥見這個動作，也往那風鈴看去。一看之下，華生心中不禁大吃一驚。他這才發現，那風鈴……**那風鈴**竟是由幾串貝殼串成的！

「啊……難道史托先生的吊墜，與這個風鈴有關？」華生心中暗忖，連忙偷偷地細看風鈴上的貝殼，果然，其中一枚貝殼的形狀和大小都跟**吊墜**很相似，不過，它是**白色**的，與**深紅色**的吊墜不可能是一對呀！

「老先生，你不要再隱瞞了。」福爾摩斯繼續道，「我知道你和蘇菲婭還有聯繫，不然——」

「不然什麼？」老人搶着問。

「不然——」福爾摩斯猛地指向**風鈴**，「**蘇菲婭的那一枚貝殼，又怎會掛在**

那**風鈴上**！」

「什麼？」老人眼中閃過一下疑惑，但仍壓制着心中的動搖反駁，「我不知道你在說什麼，風鈴上的貝殼跟**吊墜**又有什麼關係？你看不到嗎？風鈴上並沒有**紅色**的貝殼，與你那紅色的貝殼吊墜有何關係？」

「嘿嘿嘿……」福爾摩斯冷笑幾聲，「沒錯，**雙殼貝**左右兩邊的

顏色大都是相同的。不過，凡事總有例外。」

「什麼例外？」一直沒作聲的史托，也忍不住問。

「例如日月貝。」

「日月貝？」

「沒錯，日月貝的右殼是黃白色的，左殼則是深紅色。」福爾摩斯說，「太陽代表紅，月亮代表白，所以這種貝殼被稱為日月貝。」

「哼！我才不會聽你胡說八道，世上哪有什麼日月貝！」老人急了，他赤紅着臉道，「你們別胡鬧了，請回吧！」

福爾摩斯沒理會他，施施然地走到風鈴前，把手上的貝殼吊墜輕輕地合在風鈴上的白貝殼上，然後說：「看！左右兩枚貝殼相合

得**天衣無縫**，不是一對又是什麼？」

　　史托和華生連忙趨前細看，果然，兩枚貝殼合在一起時大小剛好一樣，一絲**縫隙**也沒有。

　　「那……那只是……巧合罷了……」老人的信心明顯動搖了，但仍然**口硬**，死不承認。

　　「老先生，你為什麼不肯合作呢？」福爾摩斯指着身旁的史托說，「他就是小哈里，那個在49年前與生母失散的兒子。他只是想與生母**團聚**而已，你為何忍心**不予成全**呢？」

　　「我……總之……」老人吞吞吐吐的，似有難言之隱。

「啊⋯⋯啊⋯⋯啊⋯⋯」突然，一陣叫聲傳來，福爾摩斯三人連忙轉身向聲音來處看去，只見剛才開門的老婦人緩緩地從暗處步出，她一邊發出仿似發自喉嚨深處的**悲吟**，一邊顫巍巍地走向史托。

她走到史托面前停下來，伸出不斷顫抖的手，在史托的**臉頰**上摸了又摸：

「啊……啊……你……你就是……小哈里嗎？對不起……對不起啊……媽對不起你啊……」

「**蘇菲婭！**」老人企圖阻止，不禁失聲驚叫。

蘇菲婭？

老人喚的是蘇菲婭！華生、史托和福爾摩斯都大吃一驚。

「算了……算了……」老婦人渾濁的雙眼流下了**晶瑩**的淚水，她向老人說，「丹尼爾，我知道你想保護我，但一切已不重要了，能夠與哈里相認，就算現在被抓去**坐牢**，我也**於願足矣**。」

史托呆呆地看着眼前的老婦人，問：「你……就是蘇菲婭？你……你就是我媽？」

111

「是的。」老婦人點點頭，「我就是蘇菲婭，我就是49年前與你失散了的媽媽。」

「**啊！媽媽！**」史托激動地把老婦人擁進懷裏。

一切來得太快和太過突然了，一個又一個疑問在華生腦海中**盤旋**，未能整理出一個所以然來。

①福爾摩斯和自己第一次來訪尋時，丹尼爾為何說謊？

②剛才，丹尼爾為何仍然想阻止蘇菲婭母子相認？

③還有，蘇菲婭說甚麼「就算現在被抓去坐牢也於願足矣」，難道她在49年前真的殺了人？

④倘若果真如是，身為警察的丹尼爾當年為何不拘捕她？

⑤現在，他又怎會和蘇菲婭生活在一起？

老婦人和丹尼爾的情緒平復過來後，終於——道出當年的經過，解答了華生的疑問。

當年，我得悉兒子哈里被賣掉後，趁院長來到廚房時，曾苦苦哀求院長告知哈里的下落。不過，院長不但不肯，還出言奚落，罵我是個未婚生子的淫婦，沒有資格再看哈里，否則只會玷污哈里的身份。

我在院長的辱罵下失去理性，隨手抓起不知什麼東西就向院長的頭和臉拼命打下去。當我回過神來時，發現院長已倒在地上了，而廚房裏剛好沒有其他人。大驚之下，我奔向後門逃走，但腳下一滑向後摔去，感到後

腦撞到地上，傳來一下劇痛後就昏過去了。

醒來時，我已躺在醫院的**病床**上，並看到副院長一個人坐在床邊守候着。

她看到我醒來後，悄悄地告訴我有賊**入屋打劫**，院長已被殺死，我則被賊人打暈。她還千叮萬囑地說：「記住，你不想出事的話，就按我的說法如實地告知警察。」

事後，我才知道，副院長是故意幫我**隱瞞**的。一來，她不想把販賣小童引致**仇殺**的事曝光，二來，也樂得趁機坐上油水最多的**院長之位**，就索性把案件定性為打劫殺人了。

案件發生十多天後，我康復出院。副院長為免**節外生枝**，就急急把我送走。我拿着她的介紹信，去到倫敦一家意大利餐廳工作。可是，

沒想到老闆娘非常**刻薄**，我每天工作十多個小時，吃的是顧客剩下的**冷飯殘菜**，睡的是店內的地板。不過，這些我都可以忍受，傷透我心的是當大廚的老闆，他開始時對我很好，常偷偷地給我吃新鮮的食物，但有一天卻突然獸性大發，向我步步進逼。那個老闆娘又不分是非，打罵我一頓後，還把我趕走了。

失去了兒子，又失去了工作，在倫敦**舉目無親**，我**萬念俱灰**，走到泰晤士河河畔一躍而下，就跳進河裏去了。

「原來如此。」福爾摩斯說，「但後來怎樣了，是誰把你救起來的？」

老婦人舉起手，指着身旁的老人說：「**是丹尼爾，是他跳進河裏，把我救起來的。**」

「**啊！**」福爾摩斯三人都大感意外。

「是的，是我把蘇菲婭救起來的。」丹尼爾歎了口氣說，「雖然已事隔49年，但當時的情景仍然**歷歷在目**啊……」

當時，我們懷疑蘇菲婭與杜羅慈善寄養院的兇案有關，因為她的**身高**與疑犯**吻合**，加上她不肯說出令她未婚成孕的男人是誰，令我們懷疑那個男人是**幫兇**，幫助她盜去50鎊的財物和處理兇器，所以一直在跟蹤和監視她，

等待她與那男人會合時就進行拘捕。

可是，我和搭檔尼夫在意大利
餐廳對面的旅館中監視
了她一個星期，看到
的只是她受盡**虐待**的
情景，最後更目擊她在

滂沱大雨中被餐廳老闆娘趕走。我們以為她
走投無路，一定會去投靠她的男人，於是不
動聲色地跟蹤，一直跟到泰晤士河的河邊，卻
看到她突然跳進河裏。

我沒時間細想，馬上跳進河
中**搶救**。河水很急，幸好我
泳術不錯，只花了一兩分
鐘就把她救回岸上。

不過，她在餐廳工作時已累壞了，身體非常

虛弱，加上喝了很多河水，被我救上岸時已奄奄一息。

我和尼夫馬上把她送到醫院去，在醫生的搶救下，她活過來了。可是，她當時已完全失去了**求生意志**，連護士給她餵藥，她也不肯吃。她根本就不想活下去。

那一刻，我們終於明白，她來倫敦並不是為了與她的男人會合，甚至根本就沒有這個男人。

尼夫怕她再次**自尋短見**，叫我留下來照顧她，他自己則回去警察局報告和銷案。

在監視她的那一個多星期裏，我慢慢地忘掉了自己的警探身份，漸漸對她產生**憐憫之情**。要不是尼夫的阻止，我差點就從旅館奔下去把她救出**苦海**。

　　我在醫院中陪伴了差不多十多天，發覺她只是一個在社會最底層**掙扎求存**的少女，而且她天性善良，絕不是一個**窮兇極惡**的殺人犯。在不知不覺間，我已愛上了她。她出院後，我託倫敦的親戚照顧她，然後向上司申請**調職**，索性跑來倫敦工作，並和她結了婚，一直到現在。

　　後來，我從她的口中知道，她父親是一個貴族的**管家**，母親則是家傭，一家大小都住在那貴族的家中，她是被少爺欺騙成孕的。她的父母知道後非常憤怒，就把她趕到專門收容未婚媽媽的寄養院去，並生下了哈里。

意想不到的兇器

「其後的事情，你們都大概知道了吧。」丹尼爾說。

「原來如此。」福爾摩斯說，「可是，我們早前來找你時，你為何不肯把實情說出來呢？」

丹尼爾深深地歎了一口氣，道：「我們婚後，都絕口不提兇案的事，希望時間可以沖淡一切。蘇菲婭雖然一直心懷哈里，但也沒主動尋人，因為她一直心存恐懼，生怕又會挑起事端，引起人們對兇案的注意，更重要的是，她也不想哈里知道自己有一個曾經殺人的母親。」

「啊……你們開始時拒絕與哈里相認，就是為了這個**緣故**？」華生問。

「是的。」蘇菲婭點點頭說，「不過，當剛才我親眼看到他時，已無法再控制自己的情緒了……」

「我明白的。」福爾摩斯說，「當我知道風鈴上的那枚貝殼的**來歷**後，就知道你**無時無刻**都在掛念着哈里，因為，每一下**鈴聲**，都會勾起你對哈里的**回憶**。」

「是的，你說的都對。」蘇菲婭擦一擦雙頰的淚痕說，「那些鈴聲，是我心靈上與哈里的**惟一聯繫**。」

「噢，對了。」福爾摩斯**話鋒一轉**，問道，「當年無法在現場找到兇器，又是什麼一回事呢？」

「這個……我也不敢肯定。」蘇菲婭說，「但我估計，兇器可能是副院長處理掉了，她既然要隱瞞案情，自然會想到消滅證據。」

「唔……這麼說來，那些被劫的錢財，也該是她故佈疑陣弄出來的。那兇器可能會暴露你的身份，所以她才會把它銷毀。可是，那究竟是什麼……？」

「我也不知道。」蘇菲婭搖搖頭說，「當時我太憤怒了，隨手拿起一樣東西就……」

「我明白的，一個人在失去理性時，什麼都不會記得。」福爾摩斯說，「不過，你記得事發前在廚房裏做什麼嗎？例如，切菜，或者用短棍搓麵團之類。」

「這個……我肯定不是切菜或者搓麵團……當時……我正在準備煮湯的材料……」蘇菲

婭沉思片刻，突然抬起頭來說，「啊，我記起了，院長進來廚房，是為了給我一些**調味**用的材料。」

「這麼說來，我也記起了。」丹尼爾說，「當日我和尼夫去到兇案現場的廚房時，聞到一股**很香的氣味**，我還問副院長在煮什麼，

她說正在煮**雞湯**，已煮了幾個小時，所以特別香。」

「煮湯嗎？」福爾摩斯想來想去，也想不出一個所以然來，只好說，「算了，你們和史托先生一定有很多話想說，我也不想阻礙你們母子**團聚**了，再見。」

「啊，你……你不會追究……那案子嗎？」丹尼爾有點**戰戰兢兢**地問。

「嘿嘿嘿，我又不是警察，我追究來幹什麼？況且，蘇菲婭在跳河時早已『死』了，案子也在49年前**結束**了。」福爾摩斯狡黠地笑道，「更重要的是，史托先生是我的顧客，我的任務是為史托先生找回母親，現在找到了，我就該**功成身退**啦。」

「謝謝你。」史托走過來緊握着大偵探的手，激動地說，「李大猩和狐格森果然說得沒錯，你是最厲害的尋人專家。不過，我覺得你不但最厲害，你還是個最能為人設想的尋人專家，能夠遇上你，我們實在是太幸運了！」

「哈哈哈，不要客氣。過兩天，你會收到一張昂貴的賬單啊！」

說完，福爾摩斯就拉着華生離開了。史托一家三口，看着兩人遠去的身影，都感動得不能

自己。

回到家中，華生笑道：「失散了49年，竟然因為兩枚貝殼而令他們**母子團聚**，真神奇呢。」

「不過，未能知道那**殺人兇器**是什麼，實在叫人遺憾啊。」福爾摩斯有點失落地說。

「哎呀，不要再想兇器的問題了，你應該為他們母子**團圓**而高興才對。」

福爾摩斯好像沒聽到華生的說話似的，仍然歪着頭低聲呢喃：「**調味**……院長最後是為了拿調味料到廚房……調味料與兇器有沒有關係呢？」

「**調味料**又怎會與兇器有關？你忘了嗎？兇器是一種很堅硬的**鈍器**，又怎會是調味料。」

「對，那是很堅硬的**鈍器**……堅硬的鈍器……」

突然，福爾摩斯的視線落在桌上，整個人如**觸電**似的瞪大了眼睛。

「怎麼啦？」華生感到奇怪。

「原來是這個東西！」福爾摩斯一手抓起桌上的那塊**鰹魚乾**，「兇器！兇器就是它！」

「什麼？兇器是塊魚乾？」

「對，經過熏製的**鰹魚乾**是一種**調味品**，煮出來的湯很香，但它比**木頭**還要堅硬，兩端又**凹凸不平**，用它來攻擊人會造成嚴重傷害。」

「啊……」華生

恍然大悟，「這麼說來，蘇菲婭隨手拿起院長

送來的……」

「對，真諷刺，院長死在自己親自提供的兇

器上，難怪連警察也沒有注意到。」

「可是，那條鰹魚乾呢？警察在現場沒

有找到啊。」

「嘿嘿嘿，還不明

白嗎？」福爾摩斯眼底

閃過一下寒光，「一定

是那個副院長把鰹魚乾

丟進正在煮的雞湯

中，把它銷毀了。所以，丹尼爾他們抵達現場時，才會聞到那麼<u>濃烈的香味</u>。」

「啊……這麼說的話，兇器最後溶在湯中，然後被寄養院的人喝進肚子裏……」華生說到這裏不禁打了一個<u>寒顫</u>，不敢再說下去。

可是，福爾摩斯臉上卻浮現出滿足的微笑。因為，一個49年來的<u>懸案</u>終於被他破了，在他的查案生涯上，又增添一個既感人又悲哀的<u>案例</u>。

科學小知識

雙殼貝

顧名思義，是有兩片殼的貝類軟體動物，如蛤蜊、蜆、蚌和牡蠣（蠔）等。牠們以吃海中的浮游生物為主，呼吸時用入水管把海水吸進鰓中，一邊利用鰓吸收海水中的氧分，一邊篩出浮游生物送進口中。

如圖①所示，雙殼貝有分腹、背、前、後、左、右。有腳的那邊是腹，兩枚貝殼相連那邊是背；肛門（參看圖③所示位置）那邊是後，反之就是前，然後就能分出左和右了。本故事中的日月貝左右兩片貝殼的顏色完全不同，但大多數都是

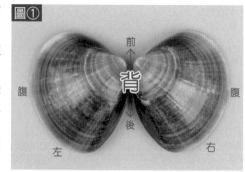

圖①

左右一樣的。大家在吃炒蜆時不妨觀察一下。

圖②

圖②顯示如何分辨殼頂、殼高和殼長。由殼頂延伸出來的線叫放射線，而像波浪般一圈圈向外擴散的弧線則為同心線，而它們就像樹木的年輪那樣，可以用來判斷貝殼的年齡。

科學小知識

　　圖③是雙殼貝的內部結構圖，可清楚看到牠的各個主要器官，如心臟、腸、胃、口、足和鰓等等。

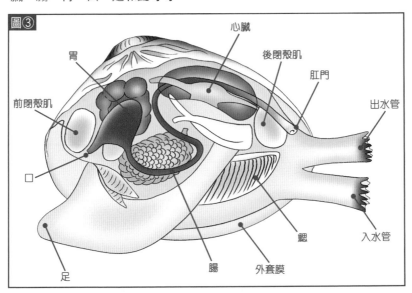

圖③

胃

前閉殼肌

口

足

心臟

後閉殼肌

肛門

出水管

入水管

鰓

外套膜

腸

貝殼的用途

　　人類在遠古時代已懂得使用貝殼，甚至曾經把它們當作貨幣，如中文與財產有關的字，很多都以「貝」為偏旁——如財、買、貸、賄、賊、債、賦等等——就是這個緣故。

　　此外，貝殼也是人類自古以來的裝飾品，常用來製作畫、首飾、鈕扣、棋子、風鈴和屏風等等。此外，特別的貝殼如大海螺，還可製成號角，除了當作樂器使用外，古時行軍打仗也不可缺少它呢！

保存食物的方法

　　如上所述，把鰹魚製成魚乾時，用的是熏製法——把魚頭和魚尾切去和挖走內臟，切成三塊長條形的魚肉，然後用煙把魚肉的水分焙乾，再利用霉菌吸走餘下的水分。由於沒有了水分，細菌無法滋生，魚肉也就不會腐爛，可供長期保存。

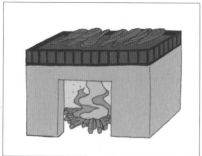

用煙焙乾魚肉的水分

霉菌

用霉菌吸走餘下的水分

　　另一種鹽醃法也很常見，鹹魚就是用此法製成。由於鹽可吸掉魚肉中的水分，加上放在陽光下暴曬，細菌全被殺死，魚肉就不會腐爛了。

　　為何鹽可吸去水分呢？原來，鹽擁有一種叫做「滲透壓力」的力量，當鹽與水相遇時，就會把水吸走。這種力量除了對醃製食物有用外，對調節人體細胞內的水分也很重要，如人體中的鹽分失衡，細胞就會脹大或縮小，令人生病了。

　　在做完劇烈運動後，雖然體內的水分大量流失，但我們不能只喝清水，而需要喝含有鹽的飲品（如寶礦力），就是這個緣故。

　　本書附錄的「科學小實驗」示範了鹽的「吸水大法」，別錯過呀。

鰹魚

　　全長約1米，身體呈紡錘形，無鱗，背部紫藍色，腹部銀白色，死後兩側會顯現幾條深藍色的縱紋。此魚分佈於溫、熱帶海洋之中，喜吃沙丁魚，在印度洋、太平洋和大西洋水溫較高的水域都可看到牠們成群出沒的蹤影。在日本，此魚被熏乾和用霉菌吸乾水分後稱為「鰹節」（katsuobushi），是日本人製作調味料時不可或缺的材料。

　　由於熏製後的鰹魚堅硬如木頭，故又稱木魚或柴魚。

福爾摩斯科學小實驗
鹽的吸水法！

原來鹽可以吸水，真神奇啊。

沒什麼大不了，不如就做一個相關的小實驗吧。

①
先準備好圖中的物品。

②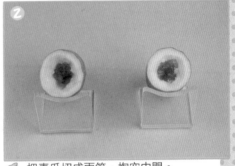
把青瓜切成兩節，掏空中間。

③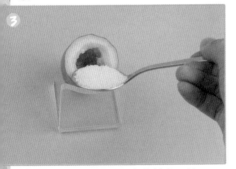
然後，用茶匙把鹽塞進其中一節青瓜中，然後等15-30分鐘。

④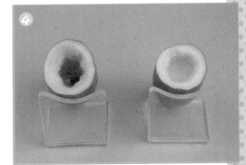
看！塞了鹽的那節充滿了水，沒塞鹽的那節沒有水呢！

科學解謎 鹽有吸水的能力，如把鹽放在含有水分的東西中，它會把水分吸到自己身上，變成鹽水。這種「吸力」稱為「滲透壓力」。如上圖所示，塞滿了鹽的青瓜把瓜肉中的水分吸出，令洞內充滿了水。

沉默①

監視時要沉默，否則會被發現。

考試時要沉默，否則會被當作出貓。

看病時要沉默，否則把不出脈搏。

審問時要沉默，否則怎能彰顯犯人的權利。

沉默②

據說你很cool，說話只說一句。

我和朋友打賭，會令你講多過一句說話。

你接受挑戰嗎？

你輸了。

一句KO

貝殼①

醫生，我吃了蜆，肚子很痛。

一定是沒煮熟。

有煮熟的。

那一定是吃了毒蜆。

那怎辦？

把殼拿來，看看是哪種毒蜆。

我連殼也吃了，哪來殼啊！

貝殼②

為什麼掛着貝殼？

貝字邊代表財，好意頭。

還代表貴，可享富貴。

不過，

貝還有其他意思。

例如
賊、貧、賤。

大偵探 福爾摩斯

——沉默的母親—— ③

原著人物 / 柯南・道爾
（除主角人物相同外，本書故事全屬原創，並非改編自柯南・道爾的原著。）

小説&監製 / 厲河　　繪畫&構圖編排 / 余遠鍠

繪畫（造景）/ 李少棠　　造景協力 / 周嘉詠

封面設計 / 陳沃龍　　內文設計 / 麥國龍　　編輯 / 盧冠麟、郭天寶

出版
匯識教育有限公司
香港柴灣祥利街9號祥利工業大廈2樓A室

想看《大偵探福爾摩斯》的
最新消息或發表你的意見，
請登入以下facebook專頁網址。
www.facebook.com/great.holmes

承印
天虹印刷有限公司
香港九龍新蒲崗大有街26-28號3-4樓

發行
同德書報有限公司
九龍官塘大業街34號楊耀松（第五）工業大廈地下
電話：(852)3551 3388　　傳真：(852)3551 3300

第一次印刷發行　　　　　　　　　　　　　　　2015年10月
第六次印刷發行　　　　　　　　　　　　　　　2019年10月
Text：©Lui Hok Cheung　　　　　　　　　　　　翻印必究

ISBN:978-988-14019-7-7
港幣定價　HK$60
台幣定價　NT$270

若發現本書缺頁或破損，
請致電25158787與本社聯絡。

網上選購方便快捷　　購滿$100郵費全免
詳情請登網址 www.rightman.net